Geest-Verlag
Verlag für engagierte Literatur

Fenja Schlegel

Ein Tanz auf besondere Weise

Poetische Begegnungen

Mit Zeichnungen von
Hanna Arkenberg

und einem Nachwort
Von Helga Bürster

Fenja Schlegel
Ein Tanz auf
besondere Weise
Poetische Begegnungen
Mit Zeichnungen von
Hanna Arkenberg
und einem Nachwort
von Helga Bürster
Geest-Verlag, Visbek 2023

Verlag: Geest-Verlag, Marienburger Straße 10
49429 Visbek
Tel. 04445 3895913
info@geest-verlag.de

Autorenfoto: www.mar-sei.de
Webseite der Autorin: www.fenja-schlegel.de
Druck: Geest-Verlag

ISBN 978-3-86685-936-4

Printed in Germany

Bald wird es Sommer

In dir wirbelt der Wind,
du sehnst dich nach Stille,
ein Schweigen deines Selbsts,
kein Wortlaut in dir drin.
Die Stimme ertönt greller,
Sirenen dringen durch deine Sinne,
doch tief in dir drin sehnst du dich nach Stille.
Ein kalter Sturm am Anfang deiner Reise,
bald wird es Sommer und der Wind vielleicht leise.

Vielleicht

Vielleicht ist das Leben leichter
als die Leichtigkeit, die ich in mir verspür,
denn vielleicht ist das Leben leicht zu viel
und die Leichtigkeit weit weg von mir
und vielleicht wird das Leben leichter
und vielleicht leb ich dann auch zu viel im Hier
und trag die Leichtigkeit ganz leicht in mir
und vielleicht teil ich sie dann auch mit dir,
denn die Leichtigkeit in mir
wird vielleicht ein Teil von dir
und vielleicht reicht sie dann ja für uns beide hier
und vielleicht addiert sie sich mit Leichtigkeit dann viel.

Nachtschatten

Nachtschatten verzieren ihren Tanz.
Der Weitblick in der Dunkelheit
zeigt mir ihren Glanz.

Das Ende vom Anfang

Ich öffne neue Türen immer mit dem Blick
in Richtung Ausgang.
Bei mir sucht jeder Anfang nach sein'm Ende.
Nur dabei leb ich nicht das Leben jetzt,
genieße nicht den Augenblick,
hab das Finale klar schon im Visier,
die Stunde X in Sicht,
das Ende vom Anfang,
die Segel sind gesetzt.

In meinem Kopf gespeichert,
hab sie noch dick und rot markiert,
hab meinen Blick klar fokussiert,
die Ablaufzeit,
sie tickt und tickt,
die Bombe kurz vorm Explodieren.

Doch merk ich erst am Stichtag selbst,
das Ende kam dann doch schon viel zu schnell,
kam ganz plötzlich angeflogen,
Ziel erreicht, Level geschafft, Kapitel beendet,
das Leben verstreicht.

Am Ende der Einbahnstraße steh ich nun da,
würd so gern einfach falsch mal gehen,
zurück zum Anfang,
mein Leben resetten,
nur mal den Moment repeaten,
will ihn fühlen, riechen, will die Würze schmecken.
Zieh weiter und schlag meine Zelte wieder auf,
denk wieder an das Ende von 'nem neuen Anfang.

Könnt nun natürlich dort mal überlegen,
ohne Ende so zu leben.

Kunstvolle Wirklichkeit

In kunstvollen Küssen
an reißenden Flüssen
suggerierte Sinnlichkeit,
inszenierte Innigkeit
in fälschlicher Freiheit,
bedeutungsloses Beisammensein,
bewundernde Blicke,
kahle Klicke,
eine lose Lücke
an einer brüchigen Brücke

Einsame Endlichkeit,
rastlose Ruhe,
rotierende Routen,
sesshafte Suche,
wartende Wirklichkeit

Die Frau, die den Apfel aß

Die Haare trug sie heute lang,
die Lippen dunkel, wie die Nacht,
ein enger Rock an ihren Beinen,
ein Täschchen in der linken Hand,
die Stirn, wie eine Eislaufbahn,
die Zähne, wie der Schnee im schönen Winterland.

Er,
er sah sie heut zum ersten Mal.
Er stieg doch schon bald vor ihr aus,
als sie da noch so heimlich saß,
während sie den kleinen Apfel aß.

Sie,
sie ist bestimmt ein Model,
eine Künstlerin,
fährt weiter zur nächsten Vernissage.

Er,
er sah sie seither immer öfter.
Der Platz war immer noch derselbe,
die Haare trug sie bald mal anders,
die Lippen ab und zu mal rot,
der Körper in 'nem kleinen Mini,
so saß sie da und guckte in die Ferne.

Ja sie,
sie hat bestimmt drei Kinder,
denkt gerade nach, was gibt's heut Mittag,
vielleicht mal Indisch oder Griechisch.
Sie hat dann Zeit, das zu genießen,
denn Zeit war immer knapp,
der Manager holt sie bald ab.
Der Mann, der war noch länger im Büro,
die Firma, die er leitet,
am Expandieren und Erweitern.
Doch abends, ja, da liebten sie sich innig,
vergessen all der Stress und all die Sorgen.

So saß sie da in einem Hauch von Spitze,
umarmt von seinen starken Armen.

Doch auch die schönsten Zeiten gehen einmal zu Ende.
So saß sie vor dem Wochenende,
wie immer da und lachte.

Doch er,
er blieb heut länger sitzen,
zu sehr gefesselt von der Neugier,
alles ganz genau zu wissen.
So fuhren sie so noch 'ne Weile,
über Felder und auch Walde.
Sie saß immer noch genau da
mit 'nem Apfel und der Tasche in der Hand.
Die letzte Endstation,
sie stieg aus, er ging ihr nach.
Er fühlte sich nicht gut dabei,
blieb stehen und war doch getrieben
von der Neugier, mehr zu erfahren.

Da blieb sie plötzlich einfach stehen,
kein Haus, kein Hof, kein Kind in Sicht,
kein Auto, kein Chauffeur, kein Mann im Blick,
nur einer, der sie dort empfing,
das Echo,
was schnell zu ihr ging und leise für sie sang.

Auf der Jagd

Schönheit ist vergänglich,
doch dein Streben lebenslänglich,
in perpetuum.
Du verlierst die Endlichkeit deiner Zeit,
die Erkenntnis kam nie
und so blieb das alles Fantasie.

Die Anderen und die Andere

Sie ist nicht wie die Anderen anders,
ihr Anders ist ganz anders
als das Anders all der Anderen.
Sie wäre manchmal lieber anders,
wie die Anderen,
doch wär sie anders, wie die Anderen,
wär auch sie eine der Anderen.

Nachtträumereien

Sie liegt manchmal wach,
ganz tief in der dunkelsten Nacht.

Der Wecker zeigt 1!

Sie ist dann allein,
niemand sucht sie und schaut bei ihr rein,
nur die Geister kommen hoch zu ihr auf einer Leiter,
die leise wackelt und doch hält sie Träume bereit,
die tragen so dunkle Klamotten
mit Löchern zerfressen von all diesen Motten.

Der Wecker zeigt 2!

Und sie bewegen sich rein
und machen sich auf ihrem Kissen immer größer breit
und sie sagt dankend nein,
doch vielleicht sieht man nur Lippen,
die wippen,
'nen Versuch war es wert,
der Verstand wankt ins Kippen

und während sich Gedanken wie Viren in ihr
verbreiten,
kann sie das Kippen nicht aufrechterhalten.

Der Wecker zeigt 3!

Ihr versehrter Verstand gerissen,
in ihrer Hand wie kariertes Papier so zerrissen
und während die Wimpern immer weniger klimpern,
kommt ihr Körper gefangenerweise zur Ruh
und die Geister packen saubere Sachen mit Sorgen
in Koffer herein
und sie ist wieder für sich allein
und kann ihrem Verstand seine Bühne verleihen
und ohne einen Abschiedskuss machen sie für heute
mit ihr Schluss.

Doch sind sie morgen pünktlich wieder hier,
vielleicht ja diesmal erst um 4.

Mit verschlossenen Karten

Ich wär mir so gern sicherer
mit dir
und ganz besonders auch mit mir.
Ich weiß, das Gefühl wohnt nur in mir,
du bist ganz nah bei mir.
Ich weiß, das liegt nicht an dir,
vielmehr liegt's nur an mir.

Du bist das, was ich immer wollte.
Ich hab nach dir gesucht und in dir
mein Leben voll gefunden.
Mit dir zusammen ist lieben so leicht,
die Welt ist voller Schmetterlinge.
Ich will sie einfangen,
sie sollen nicht wegfliegen.
Doch ich kann sie nicht aufhalten,
das ist der Lauf der Zeit.

Vielleicht behalt ich sie ab jetzt bei mir,
vielleicht verlier ich sie,
ertränke sie,
das Leben, ja das spielt sein eigenes Spiel
mit verschlossenen Karten.

Stiller Glanz

Jeden Morgen lächelt es dich an,
denkst, heute bist du endlich einmal dran.
Betrachtest es im Spiegellicht,
willst es zeigen, dein Wahres-Ich
und willst eröffnen ihnen eine neue Sicht.

Doch dein Spiegelbild,
das sehen sie nicht.
Das, was sie sehen,
das bist du nicht,
zumindest nicht für dich.

Doch sie, sie halten fest daran,
zu wissen, wer du bist und was du willst,
beschützen dieses Unbekannte-Ich,
damit es ihnen nicht zerbricht.

Doch dein Spiegelbild,
es will sich zeigen,
will sich vielleicht ein Stück beweisen,
kämpft und kämpft und kommt nicht
weit genug voran,
denn dieses Unbekannte-Ich versperrt ihm
Tag für Tag die Sicht
hin zum Scheinwerferlicht.
Der Star bist immer noch du,
du Unbekanntes-Ich.

Doch dein Spiegelbild,
das sehen sie nicht.
Das, was sie sehen,
das bist du nicht,
zumindest nicht für dich.

So versteckt es sich im stillen Glanz,
ganz leise,
verdrängt vom Unbekannten-Ich
und tanzt auf ganz besonders eigene Weise,
nur für dich alleine.

Wunden heilen leise

Zeit heilt alle Wunden,
sagten sie dir damals.

Nun sitzt du da,
am Schreibtisch in der Leere,
irgendwo da draußen, in der weiten Ferne.

Die Wunden weiter,
als die Zeit hätt' Stunden, um zu heilen.

Die Schmerzen stärker,
als ein Gegenmittel hätt die Wirkung,
um von jenen zu befreien.

Die Sorgen größer,
als das Veilchen hätt die Stärke,
um die Hoffnung in sich dir zu spenden.

Sitzt du am Schreibtisch in der Leere,
irgendwo da draußen in der weiten Ferne.

Vergeht so Tag für Tag,
bald Jahr für Jahr,
der Schreibtisch leerer,
doch die Sorgen schwerer.

Doch manche Wunden sind für immer.
Überschattet ist die Zeit!

Meine Lippen woll'n heute schweigen

Meine Lippen woll'n heute schweigen
und meine Gedanken den Tag vorantreiben
und meine Seele will bleiben,
will Buchstaben aus mir heraustreiben
und auf liniertes Papier hinaufschreiben
und Buchstaben formen aus Worten Zeilen,
will sie mit dir teilen,
doch meine Lippen woll'n heute schweigen.

Das Notizbuch

Jeder Tag ein waghalsiger Spagat
zwischen noch gerade geschafft
und schon wieder verpasst.
Wir laufen, rennen und sprinten von A nach B,
von Hüh nach Hott,
von früh bis spät.

Doch manchmal frag ich mich,
vergessen wir vor lauter Plänen 24/7 all die Jahre,
Stunden, ja Sekunden,
vielleicht ein Stückchen Zeit für einfach leben
und das Leben so mal zu erleben.

Doch wir planen weiter,
schreiben Notizen,
stellen uns Wecker,
wollen auf Nummer sicher gehen,
das erinnernde Handy,
unser größter Held,
Sleeptimemodus ausgestellt,

Zeit ist kostbar,
Zeit ist Geld,
nichts zu verpassen,
das ist, was gefällt.

Doch manchmal frag ich mich,
vergessen wir vor lauter Plänen 24/7 all die Jahre,
Stunden, ja Sekunden,
vielleicht ein Stückchen Zeit für einfach leben
und das Leben so mal zu erleben.

Wie das wohl wäre, es zu erleben,
einfach mal das Leben so zu leben
und mit einzuplanen,
zur Sicherheit zu reservier'n,
um es nicht schon wieder zu verlier'n.

Doch ich, ich hoffe nicht es zu verplanen,
das Leben leben, einzuplanen.

ALTE ZEITEN

Alte Zeiten gehen vorüber.
Alte Zeiten sind vorbei.
Alte Zeiten, da stehst du drüber.
Alte Zeiten, du warst dabei.

Neue Zeiten bleiben alt.
Alte Zeiten werden neu.
Neue Zeiten sind oft kalt.
Alte Zeiten sind dir treu.

Aus alt wird neu,
doch neu bleibt alt,
die Liebe jung,
die Seele kalt.

Zwischen Vergessen und Verzeihen

Zu vergessen ist leichter als zu verzeihen,
denn vergessen ist nicht weggeworfen,
nur verstaut, in einer Schublade
mit alten Gedanken vereint
und ganz tief unten drunter begraben.
Und vergessen ist nicht verloren,
nur vielleicht im Hinterkopf verborgen.
Doch verzeihen bedeutet
loslassen von all diesen Worten,
bedeutet vergeben für Taten,
bei denen sie viel zu dir sagten
und dich niemals fragten.
Sie taten und sagten und du bliebst geheim,
fühltest dich allein, suchtest den Weg zu ihnen
und kamst doch nicht herein.
Und jetzt bist du hier und bist dabei.
Du fühlst dich schon lange nicht mehr so allein,
doch zum Verzeihen vielleicht nimmer bereit.

Das Mädchen auf dem wartenden Stuhl

Jetzt sitzt sie da,
wie jeden Tag,
die Nummer gezogen,
die Jacke noch an.
Ja diesmal, diesmal könnte es leichter geh'n,
viel schneller und sowieso auch noch besser steh'n.

„Der Nächste bitte!"
Sie spürt es schlagen,
nur noch schlagen und schlagen,
ihr Körper einst leicht und doch viel zu schwer.

Es könnte so einfach sein,
sie würde es schaffen,
alle Hürden überwinden
und den Zweifel von sich lassen.

Ja es könnte, es könnte so einfach sein ...

Nun sitzt sie da
im Raum voller Leere,
die Nummer noch fest in der Hand.
Vielleicht morgen,
ja morgen, morgen wird alles anders,
viel leichter, schneller und sowieso auch viel besser.

Das Mädchen auf dem wartenden Stuhl!

Die Droge

Ihr Anblick macht süchtig,
sie ist meine Droge,
'ne Foltermethode,
bleibt meine Lieblingsneurose.

Ständig wart ich auf Nachschub,
will ihren Anblick zelebrieren,
nur um dabei jedes Mal aufs Neue zu krepieren.
Sie zerstört meinen Geist,
sie durchlöchert mein Herz,
öffnet es für ganz viel neuen Schmerz,
für all den Kummer,
all die Zweifel,
all den Hass auf das,
was sie so schön macht und mich blass.

Doch ihr Anblick macht süchtig,
sie ist meine Droge,
'ne Foltermethode,
bleibt meine Lieblingsneurose.
Sie besucht mich nun täglich,
bald stündlich,
sekündlich,
es wird unerträglich.
Ich fühl mich so schrecklich,
will mich nicht mehr spüren,
seh nur noch ihr'n Anblick,
starr, unbeweglich, grazil und lebendig.
Schließ sie nun wieder,
will sie nur verdrängen,
um sie dann neu zu empfangen,
mein löchriges Herz weiter zu sprengen,
dieses unendliche Verlangen.

Denn ihr Anblick macht süchtig,
sie ist meine Droge,
'ne Foltermethode,
bleibt meine Lieblingsneurose.

Befreiung

In kranken Gedanken gefangen,
auf Fäden aufgehangen,
sie nehmen sich Platz,
du hörst nur noch einen Satz,
doch dein Lächeln wird stärker,
für dich immer härter,
vielleicht lebenswerter,
wenn Gedanken die Seele besiegen,
kann kein Schmerz mehr in dir liegen,
dann bist du ganz leer
und du willst es so sehr,
nach Perfektion nicht mehr streben,
sie nur noch erleben.

Gewöhnungssache

Die Gewohnheit mit dir ist für mich ungewöhnlich.
Die Zeit der Gewöhnung lässt mich so verwöhnen
und du versuchst nicht, es mir abzugewöhnen,
mich an dich zu gewöhnen.
Und aus Gewohnheit mit dir
wächst ein ungewohntes Wir.
Ich möchte' mich nicht entwöhnen.

Halbes Sie

Sie kennt sich nur halb, der Rest bleibt für sie leer.
Sie kennt nur den Schmerz, vergisst so ihr Herz.
Sie blickt sich an, klar unfokussiert,
das Spiegelbild halb, übermüdeter Blick,
die Liebe bleibt kalt.
Schön sein will gelernt sein,
eine Seele aus Stein,
die Fassade am Bröckeln,
ein Wettlauf gegen den Geist.
Sie wird ihn verlieren
auf der Suche nach der zweiten Hälfte ihrerseits
in der Mitte ihrer Zeit.
Leblos lebendig,
die junge Hülle vereist,
steht sie da,
der Blick nach draußen,
wartet darauf, bis es schneit,
vielleicht wird ihr Blick dann irgendwann klar.

Die verlorene Seele

Angeguckt, angestarrt,
diese Blicke,
das Gefühl anders zu sein, nicht reinzupassen.

Du versuchst dich anzupassen,
alles loszulassen,
vielmehr wegzulassen.

Nur für den Moment so zu sein, dass sie dachten,
du bist ein Teil von ihnen,
sprichst dieselbe Sprache und gehst im selben Takt.

Ja, das muss so sein,
so musst du halt sein,
musst dich ändern,
so weit du nur kannst.

Doch du,
du wirst immer kleiner und kleiner,
aber funktionierst weiter und weiter,
rennst hinterher immer schneller und schneller,
der Leere entgegen mit offenen Armen.
Mit Pflastern und Klebern die Risse geflickt,
nur noch am Kleben, am Nähen, am Tackern,
so fest, wie es nur geht.
Doch kein Gerüst hält für immer,
der Kleber fast leer,
Energiesparmodus ausgestellt,
Akku auf 3%.

Schnell aufladen,
da geht doch noch mehr,
viel mehr als bisher,
bestimmt war's einfach noch nicht genug.

Du könntest viel mehr,
viel mehr sein, so wie sie,
ihre Sprache sprechen und im selben Takt gehen,
lässt die Seele halt einfach noch hier.

Das Ziel scheint doch so nah und doch so weit weg,
der Umweg so lang,
ein Ziel ohne Ankunft,
sie stehen da und sehen dich nicht.

Mit langsamen Schritten und wortlosen Worten,
dem Ziel immer weiter entfernt.

Doch da,
ein Schatten, er tippt auf deine Schulter,
sagt: *„Hallo!"* und fragt leise:
„Ist vielleicht wieder Platz da für mich?"

Die Reise

Das Aufgeben aufgeben,
das Schaffen erschaffen,
das Herumsitzen absitzen,
um Neues zu besitzen.

Doch die Lasten, die belasten,
die Gedanken, die vor lauter Schwere ertranken
und den Mut entmutigten,
Neues zu erlangen.

Die Fortsetzung fortsetzen,
mit lösenden Lösungen und erschafftem Erschaffen
in Vollendung vollenden.
Stattdessen
mit auflösenden Lösungen und erschlafftem Erschaffen
auf wartende Weise bereit zur neuen Reise.

ENDLICH UNPERFEKT

Denn kein Leben ist unendlich,
vielmehr vollkommen endlich,
ich glaube, es wird nie perfekt,
vielmehr bleibt's ewig unperfekt.

Aber wieso warten wir darauf,
wieso müssen wir's erleben,
es spüren, statt zu verstehen,
das Leben ist halt endlich unperfekt?

Wir bleiben ewig Reisende
auf unserer eigenen Reise,
bleiben Wanderer und Eroberer,
werden hinunterstürzen und verlieren,
steigen auf und triumphieren.

Das Leben ist halt endlich unperfekt.
Doch macht nicht dieses endlich unperfekt
das Leben unendlich perfekt,
so im Endeffekt?

Träumereien

Ich bade im Meer voller Zweifel
und trinke mutwillig davon,
bis kein Tropfen mehr drin ist,
zerstör mein Vertrauen in das, was mir liegt,
dann bedeck ich mich selbst mit Worten,
die mir wehtun und meine Träume verschwimmen
weit weg auf dem Meer,
von dem ich einst trank, doch nun war es leer,
bloß meine Träume schwankten leise hin und her,
bis sie wankten
und vielleicht kommt dann ein Schiff,
um sie zu tanken,
denn in Gedanken sind es die Träume,
die das Leben treiben
und die für immer in uns bleiben.

Das Kind in mir ist angekommen

Ich bin angekommen, im Hier und im Jetzt
und bleib doch mein kleines Ich.

Ich bin das Mädchen meiner Träume,
wenn der Himmel über mir dunkel wird.

Ich fang Schmetterlinge im Garten,
wenn mein Herz anfängt, in mir zu reißen.

Ich schweb, wie eine Libelle,
wenn die Last mich zerdrückt.

Ich sing Lieder von den schönsten Stunden,
wenn das Radio meine Sinne mit Trauer befüllt.

Ich zähl die Sekunden,
wenn die Jahre im Fastmodus vergehen.

Ich riech den Duft meines Selbsts,
wenn der Hass meinen Körper befällt.

Ich sende ein Lächeln an die Welt,
auch wenn ich keine Antwort erhalt.

Ich streu Konfetti über dich,
wenn die Zweifel deine Wege blockier'n.

Ich schenke der Suppe die Würze,
wenn sie sie beim Kochen verliert.

Ich klopf an deiner Tür,
wenn die Einsamkeit sich in deiner
Wohnung verteilt.

Ich bin angekommen, im Hier und im Jetzt
und bleib doch mein kleines Ich.

Du und Ich

Komm mit mir, lass uns gemeinsam Taten wagen,
lass uns gemeinsam Worte sagen,
die wir in uns verspüren.
Komm mit mir, lass uns uns´re Körper
mit den schönsten Stoffen bedecken.
Lass sie uns fühlen.
Lass uns gemeinsam sein.
Lass uns hier sein.
Lass uns frei von all dem sein.
Lass uns nur sein.
Nur dein und mein.

Krieg und Frieden

In mir herrscht Krieg und Frieden zugleich.
Ich hab Angst, dass es mich zerreißt.
Gegen den Krieg verlier'n, bedeutet,
der Friede droht zu erfrier'n.
Kann ich mich noch weiter blamier'n?
Hab Angst, dass es mich zerreißt,
meine Seele, mein Herz, mein Verstand entgleist.
Muss meine Bahn noch schnell finden,
sie in die richtige Richtung lenken,
die passenden Gleise verbinden,
meiner Seele und meinem Herz ein Ticket
für diese Reise noch schenken.
Ich denk, dann wird alles gut.
Man braucht nur Vertrauen, Hoffnung und Mut,
ja dann wird ganz bestimmt alles gut.

Bewegung

Aufbewahrt
in dir der Schmerz
bedeckt er dein zerbrochenes Herz
so schwer, so leer, woher
der Lebensmut
ganz jung
Zeit zu wachsen
Zeit zu gedeihen
Zeit, sich von Schmerzen zu befreien
so kitzelig die Haut
unvertraut
die Schritte kleine Riesen
auf unbekannten Wiesen
schwankend
wankend
dankend
kreuz und quer
schwer
sich zu fangen

Angst und Bangen
so groß das Verlangen
ablegen
bewegen
schweben
Wunden erkunden
gebadet in heilender Kraft
das Ende gedacht
aufgelöst

Allein

Dem Rauschen lauschen
Dem Wehen zusehen
Gedanken auftanken
Geheimniskrämerei

Der weinende Sonnenschein

Du bist mein Antrieb,
meine Euphorie,
mein Dynamit,
all meine Fantasie.

Du bist mein Kickdown,
meine Apathie,
mein Herzschmerz,
all meine Dyskolie.

Manchmal wünscht' ich mir,
du wärst ganz nah bei mir,
würd deinen Atem spüren,
all deine Küsse fühlen,
würd mit dir lachen,
ganz viel verrückte Sachen machen,
würd mit dir tanzen im Regen
und bei Sommernacht
wärst du ganz nah bei mir.

Manchmal wünscht' ich mir,
ich hätt' dich nie gefunden,
hättest meine Blicke nie getroffen,
mit deinem Lächeln mich nie angeguckt,
wärest nicht der Takt meiner Herzmelodie,
hätt' ich dich doch nur nie gefunden.

Doch ist das wirklich immer besser?
Nur wer zulässt, kann auch fühlen,
nur wer sich öffnet, wird umarmt,
nur wer heraufsteigt, kann auch fallen,
nur wer hereinkommt, kann auch gehen.

Manchmal muss man was riskieren,
es kann kaputt gehen und tut weh,
kann zerbrechen in kleine Scherben,
mit all den Spitzen neue Wunden schlitzen.

Nur, was wenn nicht?
Was, wenn es der Beginn ist von was Schönem,
dem Zauber der Gefühle,
der dir bringt ganz süße Träume,
dich wärmt, dich festhält, mit dir lacht und tanzt,
im Regen und bei Sommernacht?

Ich wüsst' es nicht,
hätt' ich dich nicht gefunden.

Ansichtssache

Ein zarter Wind
in Gedanken ein lebendiges Kind
mit bunter Kreide
auf blühender Weide
gelenkt von den Trieben des Windes
der Blick aus den Augen des Kindes

So schwer ist der Mut

Manchmal fühl ich mich so leer,
manchmal fühl ich mich so schwer,
manchmal brauch ich dich so sehr,
manchmal beherrscht die Panik mich mehr.

Verlier den Blick für das Glück,
verlier mich selbst dabei Stück für Stück,
kann allein nicht mehr zurück,
werd' von dieser Schwere zerdrückt.

Wo gestern noch Hoffnung war,
ist nun nur noch Leere.
Ich wünschte, ich könnt' sie neu füllen,
mit Lebensmut, Freude und Glück.
Glücklich sollte ich sein,
dich zu haben,
einen Teil deines Herzens in mir zu tragen.
Vielleicht wird irgendwann alles gut,
vielleicht verliert die Schwere in mir ihren Mut.

Die Angst

Sie drückt ihn dort rein, immer tiefer herein.
Doch er drückt sie dort weg, aus der Tiefe weit weg.

Sie weigert sich, die Angst,
sie steigert sich,
vergrößert sich,
„Will noch bleiben, wirst mich nicht vertreiben.
Du musst mich empfinden,
kann hier nicht verschwinden."

Er kommt schwer nur voran,
die Wucht von ihr hinten dran,
er will nicht stagnieren,
will sie reduzieren,
will schweben im Leben,
abheben und nicht untergehen.

Doch sie weigert sich, die Angst,
sie steigert sich,
vergrößert sich,
„Will noch bleiben, wirst mich nicht vertreiben.
Du musst mich empfinden,
kann hier nicht verschwinden."

Dann plötzlich bleibt er stehen,
guckt sich um und nimmt sie auf den Arm,
keine Scham, gehört zu ihm,
sie sind doch ein Team,
denn zusammen ist man weniger allein.
„Komm mit mir, begleite mich auf meine Reise,
auf deine eigene beängstigende Weise."

DIE SUCHT

Die Sucht,
dein ewiger Begleiter, Beschützer,
Freund und Verwalter,
sie sitzt auf deiner Schulter,
beobachtet die Lage, wandert weiter zu deinem Kopf,
klopf, klopf …
nun ist sie schon drinnen,
verwaltet und managed dich kontinuierlich von innen,
durchbohrt dein Herz,
macht einfach viel zu viel Terz.
Sie will dich vielleicht nur beraten, kann sein,
aber hast ja nicht danach verlangt
und keine Buchung vollzogen,
denn du schaffst das alleine,
willst keine Beratung, keinen Verwalter,
Manager und so weiter.
Bestellst sie nun ab,
sie kann gehen,
willst sie nicht mehr wiedersehen.
Hoffst, sie hält sich daran.

Sommerland

Es war ein Tag im schönen Sommerland.
Sie fragten sich, wie viele Strahlen
hat dieses Sonnengesicht.
Sie fragten sich, wie viele Stunden
haben sie schon die Helle im Blick.
Sie fragten sich, wie viele Gräser so grün
können sie denn noch zählen.

Es war ein Tag im schönen Sommerland.
Du fragtest dich, wie viele Stunden werden vergehen,
bis der Schmerz tief in dir seine Kräfte verliert.
Du fragtest dich, wie viele Male
wirst du noch alleine dort stehen,
bis deine Beine mit dir wieder nach draußen gehen.
Du fragtest dich, wie dunkel die Nächte noch werden,
bis der Sommer seine Blüten verliert.

Es wird einmal ein Tag im schönen Sommerland,
vielleicht auch für dich.

Stickereien

Und sie sticken einen Rahmen
um das Mädchen ohne Namen.

Vier Räder, die mich halten

Ja ich, ich bin der, an den du gefesselt bist,
der dich verfolgt,
denn du bist schwach und bist verletzt,
dein Schatten,
dein ewig lästiger Begleiter,
wär ich doch bloß nie hergekommen.

Sind wir denn eigentlich nicht Freunde?
Ich mein,
gibt's sonst denn noch so viele,
die dich begleiten,
all deinen Schmerz,
all deine Freude halten?
Ich versuch doch stets dich aufzufangen.
Bei mir hast du 'nen sicheren Platz.
Ich lass dich niemals ganz allein,
dich nicht im Stich,
solang du mich nicht mit was allzu Spitzem stichst.
Doch auch geflickt und zugenäht
erobern wir die ganze Welt.

In Mailand, in Paris, in Wien und in Madrid,
ja mich, mich nimmst du immer mit.

Und klar,
ich kenn dich nun ja schon ein paar mehr Jahr.
Auch ich lern immer mehr dazu.
Da dachte ich doch früher noch,
dass bunt und farbenfroh ich aussehen muss.
Doch manchmal ist vielleicht auch weniger viel mehr.

So strahl ich nun in mattem Glanz,
bring dich zum Vorschein, zum Strahlen, zum Glänzen
in voller Pracht.
Du wirkst so glücklich ganz nah bei mir,
spür, wie du dich frei fühlst,
mich durch die ganze Gegend führst,
mir ständig neue Wege zeigst,
mich beschützt vor Schubsen, Stößen, all den blauen
Flecken und den Kratzern.

Ich glaub, ich bleib noch lange jung,
wie du mich pflegst, mich putzt
und auch mal schrubbst.
Die kleinen Kratzer auf meiner Haut,
die malst du liebevoll dann wieder aus.

Ich bin so froh, dass wir uns haben.
Komm, lass uns die ganze Nacht tanzen,
ich trag dich hin,
wohin auch immer du willst.
Und du kannst dir sicher sein,
so schnell wirst du mich nicht mehr los,
ich pass für immer auf dich auf,
denn du bist mein Schatz, mein kleiner Diamant
und wir für immer eine Einheit, ein Bund,
auf unsere ewig lange Freundschaft!

Kurzer Gruß

Die Worte von ihm waren kurz,
doch die Botschaft war mächtig,
die Ohnmacht beträchtlich,
ein aufprallender Sturz.

Ihr Gerüst war zerbrechlich,
seine Worte oberflächlich,
blieben doch in ihr liegen,
umkreisen den Geist,
wie 100 kleine Fliegen,
auch egal, ob sie weiß,
dass dies waren nur Worte,
so leer, kurz und so hässlich,
doch tief in ihr drin nun für immer ...
unvergesslich.

Perfektes Ich

Ich wär so gerne nur für einen Tag
mein ganz perfektes Ich,
ohne Kummer,
ohne Sorgen,
um zu tun, wonach mir ist
und dabei bleiben,
wer ich bin.

Das Jetzt von morgen

Das Jetzt von morgen ist das Damals der Zukunft.
Ich weiß nicht, was das heißt,
wie sich das zeigt.
Bleibt es so wie das Hier von heute?
Bleibt es so wie das Jetzt von morgen?
Nimmt es mich mit,
mit all den Dingen,
die mir Bedeutung geben,
die mich bergauf bewegen,
die mir im Hier von heute Liebe, Leben
und mein Lachen geben,
hält es mich fest
in dunkler Helligkeit, in heller Dunkelheit?

Aufregung steigt!
Dieses Jetzt von morgen,
dieses Damals der Zukunft,
es lähmt meinen Geist,
es bricht mein Herz,
in Gedanken versunkener Schmerz.

Was bleibt im Hier von heute?
Was nehm ich davon mit?
Vielleicht einen Koffer voll Sorgen,
einen Koffer voll Glück.
Doch bleibt am Ende vielleicht
auch nur die Erinnerung
an eine Zeit von damals,
begraben im Herzen,
bleibt sie so immer bei mir.

Das Leben gecheckt

In Gedanken versunken,
vergehen Stunden wie Sekunden.
Die Sorge hat 'nen langen Atem,
mit Ängsten kann sie dich beraten.

Dein Kopf mit dunklen Momenten verklebt,
den Tag gestern so falsch gelebt,
im Prinzip fast verlebt
und du spürst, wie sich das Karussell
in Gedanken immer schneller dreht.

Doch vielleicht wartest du drauf,
dass es sich verdreht,
dir dein Leben die schönen Momente zugesteht
und sie mit dir in bunten Sekunden erlebt.

Denn im Endeffekt bedeutet Leben nur erleben
von Momenten und Sekunden
über Stunden
und vielleicht wartest du
bis dein Kopf das endlich einmal checkt,
doch warte nicht zu lang,
denn vielleicht hast du dann das Leben,
das du leben willst,
bis dahin schon vercheckt.

Zaubermensch

Für Janna

Sie lässt mich verzweifeln im unendlichen Glück,
diese schwerelose Leichtigkeit,
die ich so schwer beschreiben kann.
Ich würd so gerne sagen,
wie ich mich doch fühl,
gäb's nur diesen Share-Button within my heart,
der ganz genau sagt,
wie unfassbar gern ich dich mag.

Klar, ich könnt' jetzt sagen,
du bist mein Deckel und ich dein passender Topf,
bist mein Glitzerpinsel und ich dein rosanes Rouge,
bist meine Melodie und ich dein Lieblingssong ...

Doch das ist es nicht, das was ich meine,
du bist nicht einfach nur die Eine,
das mit uns, das ist viel mehr,
viel mehr von dem, was ich meine,
vielleicht ist es Magie,
mit ein bisschen Fantasie.

Du bringst mich zum Glänzen,
ohne dabei selbst den Glanz zu verlieren.
Ich dachte immer,
klar, gute Menschen gibt es viele.
Gut, das ist ein Synonym für freundlich,
für gutherzig, für nett,
da finde ich ja viele.

Doch das ist es nicht, das was ich meine,
du bist nicht einfach nur die Eine,
das mit uns, das ist viel mehr,
viel mehr von dem, was ich meine,
vielleicht ist es Magie,
mit ein bisschen Fantasie.

Nun sitz ich hier ja schon 'ne Weile,
die Tage vergehen
ohne die passenden Worte, die hier stehen.
Doch aufgeben, nein das werde ich nicht,
denn du hast mir gezeigt,

man kann alles schaffen,
jede Pfütze überspringen,
jede Mauer übersteigen
und auch easy nach den Sternen greifen,
denn manchmal muss man sich nur trauen,
der zu sein, der man sein will,
darf den Mut nicht verlieren,
alles zu erreichen.
Wer weiß,
vielleicht ist das ja dieser Zauber,
der mich so sehr verzaubert.

Mir sagte mal ein Lehrer,
das Leben ist wie eine Bühne
und wir die Spielfiguren
und eines weiß ich ganz genau,
mit dir auf der Bühne spiel ich nur die Eine.

Ja, hätt' ich einen Wunsch frei,
dann, dass der Zauber nie vergeht.
Ich hab dich gesucht und du hast mich gefunden,
du hast mich gesucht und ich hab dich gefunden.
Ja, vielleicht ist das ja die Magie
mit ein bisschen Fantasie.

Vom Fuck und Yeah

Ich glaub, ich starte nun mal
mit komplett zufrieden sein.
Ich denk, ich will jetzt einfach nur mal glücklich sein,
kein *fuck* und kein *oh nöö, man,*
nur *yeah* und *ja, na klar, man.*

Manchmal zieht man halt das Glückslos,
zieht den Hauptgewinn mal eben so.
Vielleicht verlier ich einfach mal die Zweifel,
all die Sorgen,
werf sie über Bord,
bring sie weg,
entsorge sie.

Ich denk, das ist ein guter Plan,
eigentlich ja schnell getan,
easy going,
no problem,
what a question,
bin voller Elan.

Von Momenten und Stunden

Hinter all den Momenten im Dunkeln
verbergen sich Stunden, die funkeln.

Ein Nachwort von Helga Bürster

Fenja Schlegel hat sich schier Unmögliches vorgenommen. Die junge Autorin, Jahrgang 1996, debütiert gleich mit der literarischen Königsdisziplin, der Lyrik. In ihrem ersten Gedichtband legt sie eine Auswahl ihres bisherigen Schaffens vor, immerhin knapp fünfzig Gedichte. In schlichten und treffend gesetzten Worten gewährt die Autorin dem Lesenden Einblicke in ihre Erlebniswelt und Gefühlslagen. Es geht um nicht weniger als um Liebe und geliebt werden, um Schmerz und Freude, um die Suche und das Selbst. Sie öffnet den Vorhang immer nur kurz, setzt Akzente, hält den Film an, lässt ihn fortlaufen, schafft so ein Kaleidoskop aus bunten Splittern, die sich immer wieder neu zusammensetzen. Sie lässt sich nicht auf einen Nenner bringen, schafft stattdessen viel Raum für Eigenes. Am ehesten fassen noch folgende Zeilen den Inhalt ihres Schaffens zusammen:

„Einsame Endlichkeit
Rastlose Ruhe
Rotierende Routen
Sesshafte Suche
Wartende Wirklichkeit"
(aus ‚*Kunstvolle Wirklichkeit*')

Es geht der Autorin um viel, vor allem aber um das Anderssein, das nicht in die Welt Passen, das Ringen um Identität in einer Gesellschaft, in der jede/r anders sein will und doch nicht aus dem Rahmen fallen darf. Es ist dieser verschleierte Zwang zur Konformität, mit dem die Autorin ringt, und es sind unsere (Vor-)Urteile. In jeder Zeile, in jedem Wort kommt das zum Ausdruck. Die Autorin hält uns einen Vexierspiegel vor, bis wir anfangen, neu zu denken.
Und dazwischen tauchen plötzlich zarte Wortgespinste auf, wie Inseln, auf denen wir uns kurz ausruhen dürfen (‚*Ansichtssache*'). Auch das ist eine Stärke der jungen Lyrikerin.

Am Ende bleibt ein Satz hängen: „Glücklich sollte ich sein" (aus *‚So schwer ist der Mut'*). Sie sollte es tatsächlich sein, denn sie hat im Kleinen wahrlich Großes geschaffen.

Inhalt

Wir bedanken uns herzlich für die Förderung
des Buches durch

Katholische Kirchengemeinde St. Peter Wildeshausen
Evangelisch-lutherische Kirchengemeine Wildeshausen
Herrn Volker Sternberg